– Gedanken : Zeichen –

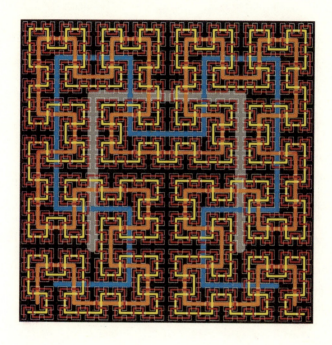

Wirklichkeit träumt im Schatten der Wörter,
Streicht und erschafft, einer Dauer entlang.
Rasch aber naht und glimmt, dem Zeiger zur Zeit
Jetzt ein Leuchten, taglicht
Und leicht wird das Leben.
                                        Nach Pindar

Im schwindelerregenden Kreisen der ewigen Wiederkehr erstirbt das Bild unmittelbar.

(Dino Campana)

NEUN ZWEIUNDNEUNZIG
Herausgegeben von Oswald Egger

DER PROKURIST Nummer neun / 1992:

Herausgegeben von Oswald Egger

Neun Zweiundneunzig

Redaktionäre Kommandite: Hans Jürgen Balmes, Felix Philipp Ingold
Korrektur: Robert Huez

Session Wien
Eigentümer und Verleger: Der Prokurist. Verein für Organisation und Austausch von Kunst und Kultur, Argentinierstraße 35/5, Postfach 567, A-1041 Wien

Secession Lana
Südtiroler Eigentümer: Verein der Bücherwürmer, Andreas-Hofer-Str. 7/b, Postfach 104, I-39011 Lana
Eingetragen beim Landesgericht Bozen unter der Nr. 1/90 R.St. vom 08.01.1990
Verantwortlich im Sinne des Pressegesetzes: Oswald Egger

Satz und Layout: Graphic Line, Dantestraße 20 A, 39100 Bozen
Druck: Fotolitho Lana, Gampenstraße 8, 39011 Lana

Gestaltung und Umschlag hauseigen (unter Verwendung eines universalsprachlichen Zeichensystems von J. J. Becher, 1661).

Frontispiz: $f(x) = \sum_{n=0}^{\infty} b^n \cos(a_n \pi x)$

ISBN 3-901118-13-6

Gedruckt mit Unterstützung der Südtiroler Landesregierung / Kulturabteilung
und der Region Trentino-Südtirol, Diensteinheit für Studien und Sprachangelegenheiten

N.C. KASER-LYRIKPREIS
(Hand in Hand)

Marion Picker

Sister Rosa's Nightly Notebook
Hausfrauengedichte

Was immer ich habe
auffinden können

Nuclear Family

ich hatte einen traum als tochter
es war
die nächte hatten lange zähne
die nächte
aber auch die tage
und wund und schweißig wachen
sie dann auf und sagen
das hat wirklichkeit
in türmen höher wachen sie dann auf
ja, nacht macht wachsen, bleichen, draußen
wachen sie dann auf enormen städten
greise kinder manchmal frauen
blicken in den westen
(wo sonne stieg im westen)
wo alle die nicht
greise kinder manchmal frauen sind
ja,
enge räume
lassen bleiche lange fingernägel wachsen
machen unruhige träume
eng beieinander mutter vater bruder
ein anderes zimmer ein anderer traum
wieder vater mutter bruder
und zuvor und nebenan und unten
überall nur ...
auch ein wassertier erzählt viel mehr
als es bedeuten kann im kugelglas
nahm es heraus mit langen weißen fingern
und fragte es nach dem wachsen der welt

wenn man älter wird und dann
verschluckte sie es und
erstickte an seinem innern gerüst
blieben wieder nur
mutter vater bruder
schwimmen in engen gefäßen
nächte überstehen
fast warten in einzelbildern
auf zerberstende fenster
wie es so ist
auf dem rücken liegen
zuviel zuviel
sie frieren ein was zusehen
fallen heraus
tauchen auf
taumeln um meeresgetier herum?
nach oben:

Rosa wächst

und wenn du ausgetrunken hast
blickt dich vom grund der tasse milchig an
hu -
starrt dich vom boden etwas an
die worte die erlauschten zwischen pfannen
an den kesseln
zu groß der schrecken was sie heißen könnten
und fettaugen gleißend tauchen auf
zwischen gräten und wachsen
immer weiter

schauen
und das fleisch wird fetter
und die haut wird strammer
    hab zugeschaut
die kinder weiß und zart dann platzen
aus den kleidern
ermüdend zärtlich
müssen viel getragen werden
und du kommst nicht hoch
und du willst nicht raus
und die sonne sticht durchs fenster
und die blagen plärren laut
ach, ja
wo draußen muß man streiken, hupen und
massen zwischen engen häusern wälzen
und andere gerüche mischen sich mit diesen
die tür schließt sich wieder und das ist genau
zu sehen unterm schweißigen ripp quillt die
behaarung hervor
ich bin ein carnivor
da bin ich vor
ein esser von fleisch
gleich ob zart oder zäh
und schlafend baumeln sie an haken
verwechseln könnte man mit warten
über kehlige gespräche hinweg
die traurigkeit der
im geblümten kleid
die hat ein messer in der weißen hand
schneid schneller marie
so die schuppen gleißend singend zu boden fallen

ihn kniehoch bedecken
und abends da steigen sie an land
und du hältst sie fest
in der bratpfannenhand
nun tanz marie
und schweiß fällt auf die weiße haut
und in die fest verbissen
winden sich muränen
               muß alles sehen
und später viel später
erst klein dann größer sich häutend
wuchs die weiße haut
und wurde durch die straßen getragen
auf wundervollen weißen armen
die hände: ein messer in der weißen hand
und andere kommen die straße entlang
frauen
tragen ihre haut auf den straßen
zwischen töpfen kesseln pfannen schaukeln leer
im frischen windzug ...
ist es nicht so
und nicken sich zu
laß uns aus kaffeetassen trinken und
bedenken, was ...
zwischen zähnen die in feuchtem
braun verschlossen ruhn
verdreht sich weiße
kindermilch zu fäule:

Engelland Exil

dann
baukräne in der morgensonne
vor schwindelnden regenwolken
drehen beobachter an teleobjektiven?
das licht wechselt schwierig
in den gittermustern die doch
gewinnen nur gewinnen im kampf
um die wagenspuren - schlamm -
aus ihnen weicht das wasser
sickernd unsichtbar verdampfend
aus dem bildausschnitt fliehen
nach oben
fluchtpunkt.
sage ich:
hat schwerkraft das letzte übel
dem sitzen stahlgotik eingeschrieben
kein tisch kein bett
aber eine kanne tee in allen
wetterlagen
und zwei nadeln und pausenlos
erzählen in alle richtungen
vorbeifliegenden tieren und
anzügen
fabrizieren und mit dem
knäuel jonglieren
sie geben vor nur zeitung zu lesen?
aber jetzt sollte es nur noch geschichten geben
und abends
da stiegen die fische an land

tanzten am ufer und fingen
an ihre zungen zu lösen
die wurden geeint von mächtiger hand
die flucht auf den baum
und der hochbau begann
doch
        ein wirklich schlechter traum
        macht schlechten geschmack im mund
        so viele jahre alt
        ist der wunsch auszuspeien nicht qual
        der gelbe seim würde zähig rinnen
        das rostige metall in der
        irrtümlichen morgensonne
        in der irrtümlichen
        ist nur ein weiterer traum
        von wo aus also wäre festzuhalten
        zum beispiel
        das gelbe zähe auf einer
        stählernen strebe
        ist unerträglich genau
        wie die fäulnis das würgen
        an einem schlechten traum
        schlecht daß ein traum und
        das festzuhalten
        also von wo
        und wie mit den nadeln den bespeiten
es hat geregnet in der nacht
habe ich einwenig tee gekocht
was werde ich tun
werde ich zeitung lesen
werde ich mich anders setzen

oder versuchen zu notieren
nein
was werde ich tun
neulich träumte ich im
roten kleid
ich bin das tier:

Pigger androgyn

vögel
luftige knochen wesen
die tiefe hinter ihrem rücken
unbeachtet
dreht sich die welt darunter weg
sitze immer mit dem gesicht nach vorn
zu bewachen
zu bewarten
den fall
      wohin?
      soll ich fliegen?
noch gibt es wörter
beliebig viele
immer wieder
dünne, aber netze
schlingend
wie ich will
schau
so
geht
es

unerträglich, weiter
und alle sprechen mich
filthy old man
schau so geht es
unerträglich, weiter
denn alle sprechen mich
filthy old man
schau ...
    ha, ha
DU mußt hören bis
stürzen ist.
HÖR!
    und ich spiele das tier.
    es kann gefährlich sein
    eine frau zu sein
    und ich spiele das tier ...
liebte so sehr sie
ihr fleisch -
vor zweifel nagen
metzgern mußte ich
kein ding sprach danach zu mir
hing an scherben
selbst zerschellt
verteilte auf den straßen
aber
    und unten taumelt die erde vorbei
    wasser kann ich
    sehen und mir schwindelt
selbst zerschellt
verteilt auf den straßen
aber

annie, meringue, wird
mit mir sein
sei mit mir bitte
hatt niemals eine
niemals so eine
so eine zu tanzen
den mund von ihr
darin zu versenken
fand schattenmorellen
die reifen mit furchen
welken
den mund in die erde
gepreßt -
jede frau will wann
   warum fallen die vögel nicht?
   sie fliegen
aah -
he!
ich weiß nicht recht, warum
muß es so sein, versinken?
ist es das, woher diese schwere?
wärmer je dunkler dehnen sich
große körper in die schwere
hallo?
seid ihr meine guten neuen freunde?
ich verstehe nicht.
täglich hier in diesen tiefen?
   nicht in diesen tiefen, nicht
   kein fisch, kein fisch
   nur nah an kalten oberflächen
seltsam fühlen

ohne tag so
wenn sich füllen
die letzten minuten
      wir singen
würde gerne wieder steigen
bleiben
nah der haut
      nicht in diesen tiefen, nicht
      in diesen tiefen
      achtarmig lauert er
      saugnäpfe von sechzig zentimetern
      seine mitte ein scherengebiß
      keinen laut kennt er
      die blaue haut schneidend
      nur singen vertreibt kurz den tod.
nur kurz aufgehalten
ich liebte ihr fleisch
mußte ich fleischen
bin auch getreten worden
die treppen hinunter von mutter
hättest du mir deine stunden geschenkt
nach so vielen jahren
in denen ich getreten habe?
      die transatlantische schließung
      steht hoch am himmel
      bescheint gnadenlos
      immerfort
in denen ich getreten habe
so lange spreche ich noch zu dir
      laufende zeit
      kein vogel hier zu landen

        alle abgestürzt vor scham
und furcht die weichen
körperteile zu
entblößen
        zu spät
und er atmet schwer
der ertrinkende mann:

Nota bene

(also den kennt ihr noch nicht)
ich kannte eine frau
ja, einmal eine frau
bestrich sich
duftet widerlich
allabendlich
die linke schläfe mit salbe.
einmal stand drauf:
Achtung
Auf Keinen Fall
Auf Haut
Auftragen!
hatte sie aber erst nicht gelesen
(ganzheitsmethode)
(kl. scherz f. pädagogen)
am tag darauf hatte die frau
bedenken
bestrich also auch die andere schläfenseite
und siehe da:
es wuchsen allerliebst gärtlein heran

wiederum am tag danach
zuerst auf der linken seite
täglich wechselnde kulturen:
fliegenpilze, dann kresse, sonnenblumen,
broccoli anemonen undsoweiter
und die rechte schläfe immer im verzug
da gab's keine hilfe
nicht arzt noch geschrei noch gegensalbe
es sproß und blühte und gedieh.
am boden lag verzweifelt
am kopf die niedlichsten gewächse
und die rechte seite immer in verzug.
nichts tödlicher für symmetrieanhänger.
(und dann gänzlich zugewachsen und
verschieden. amen.):

Extended Family

        „ich hatte einen traum"
        wird immer schwieriger
        sagt sie
        nicht nur erträumen
        das nichts
        darauf bestehen
        es war
und öffnete den mund
weit weit
fielen heraus
lang gehütete dinge
        schwieriger
        es war
        sagt sie
        nein,
        laß ich alle sagen
        man pflegte sie
        die schreckliche zu nennen
und nun
„nun" ist immer wieder
wird alles endlos tag- und nachmittage
die tragen sie immer unter der haut
vergehen ein leben lang,
lang an zuckerstücken
wie das sagen
was immer wieder ist
wo die unterbrechung sich hineinzulegen
        ich habe nie gesagt
        daß ich essen will

    was da kommt muß nicht wieder gehen
    aber was hineingeht muß hinaus
    also eine geschichte
    fällt in die teller:
oh, das schlug wellen
doch sonst nur flaute
das los zum neunten mal gezogen
finden gefallen
schauten einen ganzen tag
auf eine perlende stirn
das sitzen im nachmittagslicht
in groben hemden
und die schweren gerüche
legten sich um die stirn
warum nicht wenn eh
ein wenig stoßen eh
der neunte soll eine geschichte erzählen
oder mußte man zum zuhören bringen:
    in einer anderen zeit
    da waren frauen stattliche und starke
    arme zum plündern
    äßen am liebsten
    kleine zarte braten
    aber verteilten kuchen nach mittagen
    hosenträgern und einer decke am fenster
    auf dem schoß krümel
    meteoriten in eine ruhige see
    versenkt in das fenster
    aus der einen ecke vergangenheit
    wächst efeu durch ritzen herein
    (multifoliate, not multifoiled)

und es baumeln beine unterm flatternden
kleidersaum welche zeit mag das sein?
vielleicht lang her
als er wiederkam und das süße kind
nach jahren lächelnd im türrahmen stand
jaja
verloren die zeit trägt ab verbraucht
und kehrt vor lachen vergehend um
das
dagegen
ein wenig ordnung im leben
namen geben kreuze errichten
schlucken schwitzen in die mägen
- vielleicht am anderen ende in sich gekehrt
zwinkert und taucht auf
in junger haut schlägt die beine
übereinander und raucht
und das fenster eine frau erzählt - vielleicht -:
    wohl für sich mußte man
    feinde zu bekannten machen
    wie sonst konnte ich tauchen
    in das dunkle einer tasse
    ob verborgen alles was ich fallenließ?
    so kam der schwertfisch dann zu mir
    und sprach in runden lauten
    die schillerten so ähnlich
    bevor sie dann zerplatzten
    wo außen an den dingen
    fürchte dich nicht
    denn ich
    fisch

> *will dich verzahnen*
> *dingen die älter sind*
> und atmet schwer:

Back to the Law (mind the gap)

> *ich glaubte aufgewacht zu sein*
> *aus einem schweren traum es war*

die stadt weit oben verändert ihr licht
ein gesicht preßt sich ans fenster und läßt
weiche wasserbilder wachsen aus müdigkeit
und das wasser tropft in tüten
die tröstlich bunten tüten auf dem boden
> *nach all den jahren*
> *all den reisen...*

und die züge rasen
und die kinder tröstlich bunte kinder
halten ihre eltern bei den händen
und die sich verloren haben
rufen an den halten nach
verlorenen vätern müttern brüdern
nach all den jahren
> *and the buskers get on*
> *and the buskers get off*
> *a tune in their ears*
> *and a vers in their minds*
> *all about the middle-aged man*

und in den wagen
alles was unruhig ist
wächst über alles tröstlich schläfrigkeit

zu träumen hin
einer frage
was - außen an den wagen kreidekreuze
(ach frag jetzt nicht)
        ... daß ich glaubte sicher zu sein
        nicht vergessen verloren zu haben
        verloren verloren
        und konnt es nicht sagen
And had it not been for the evil woman
I would never have found this immaculate rose
And had it not been for those wretched years
There would be no time for consulation now.
There is no time for consulation
Never has been,
Never will be,
For lost is the knowledge of what has been lost
Barren the lands of certainty.
Were there no memory
There would be no longing
Were there no longing
There would be no guilt
Turning and twisting in themselves
They all engage inan incestuos kiss
Tongues lustfully entwinig.
Weep forever, river and sky.
eng beisammen schirme taschen tüten
fahles licht
gehen leicht verloren im gewimmel der
gänge nach oben
        and the buskers go
        and the buskers swing low

and the buskers stay
till they're sent away
you know it's illegal
If you think it's impossible to write this down
Just put together what you think sounds fine.
Had it not been for the sound
Where would I have found these words?
And had it not been for the wretched woman
I would not want to remember
    ma chère reine
und sie sind kurze zeit zu sehen
wie sie fallend lippen aneinander legen
und wärme tauschen der körper
lindern in endlos wiederholten worten
küssen sich die wunden lider schmecken
die feuchte wärme die da quillt
    but the guards
    easily pissed off
    no incantation
    no lamentation
    no exaltation
    und schrie, wozu auch sehen
    in eine plastiktüte

    ma chère reine:

The Gargoyles take over

und einer blieb lange im wasser liegen
gequollen und wellig das rosa von schwarte
ein zeh
versucht in den mund zustecken
und gleichzeitig schaum übern rand zu blasen
berief ein die versammlung um seinen bauch
grunzend
gluckernd
schnaufend
lauter dann
rufen nach einem schwamm
       wenn ich ertrinke...
       offenes fenster
       hundert tote kleine fliegen
       erzählst du vorwärts und rückwärts
       solche geschichten
       sie übersetzen in einen satz
       so schwierig nicht
       so schwierig
       dein sanftes lächeln zu erringen
       niemand weiß was du willst
       von mir für mich zu sein die mitte deines alls:
       eine sterbende sonne und dahinter das all
       ich weiß nicht was du willst
da schwimmen hundert tote kleine fliegen
Pigger
mit dem handtuch um die hüften
sitzt und schwitzt im dampf des zimmers
golden schimmert sein gesicht

geölt, gesalbt
die hände liegen auf dem paar von
meditierenden knien
die ruhe, die ruhe
und das wasser schwindet aus der wanne
wir nähmen die haare aus dem abfluß
tropfenden schleim das moos
verschlingen es langsam vor seinen augen
und wir
vergehend
sehen ihn weiterlächeln
        und wie auch später schaute ich zu
        weiches wasser hartes wasser
        alle fallen
        und die reihe kommt an mich
        zuviel zuviel
        nur wegzutreten
        hineinvergessen in eine
        andere geschichte wäre noch
        am ende aber
        immer wartet
        der haken
        die gegensonne
        der sonnentod
        dein lächeln
        bitte
sie sagte
und ungeheuer
die reisen ungeheuer teuer
lachte kurz
und

frag nicht
sei still
schau in den himmel
leg dich ins gras
wunder dich
aber frage nicht
und dann gingen sie an den
kalten strand
hartes wasser weiches wasser
große leute kleine leute
Pigger sauber duftend kommt entlang
begrüßt recht nett die frau und
auch das kind
wie erfreulich
Herrn Pigger zu treffen
und die enten schnattern
und die möwen schnattern
und die kalten frauen klappern
mit den zähnen
und erfrieren

Abschied von A'dam:
Zum Vergessen sieben Anekdoten

I

von den mauern kein trost den vornübergeneigten
ihr unmerkliches zusammensinken
nicht weil es war
es MUSSTE so sein
wie sonst erträglich zurückzugehen?
schmerz genug die spuren sich aufteilen zu sehen
nach orten und sehen was übrigbleibt

– i hate them in the toilet
darunter dann:
hier ließ ich nie mein herz
ein zerfressenes organ aber
rollte glitt aufs trübe wasser zu/
und noch viel mehr
dann, draußen
aufs trübe wasser zu
– nur im kanal schweigen die dinge
darüber sind sie doppelt beredt –
die an der prinsengracht sitzen
dies die kloake?
in gläsern und in tassen zeit verstreichen lassen
niemand liest die spuren auf den tischen
von bewegung immergleicher:
macht einen schlechten geschmack im mund
atmet zigaretten, kaffee und müdigkeit

(die sie in langen küssen versuchen
sich gegenseitig auszusaugen)
alles verdoppelt in wasser und glas
hier
irgendeinen winter zu überdauern.

II

Das Plastikauge des Fuchses
hat ihre gepuderte Wange fest im Blick,
als sie die dunkle Halle betritt.
(mit kleinem festen Schritt).
Der buschige Schwanz wippt
hinter ihrem Rücken
und ihr Begleiter, dezent schwitzend,
Taschen tragend,
wendet sich in gewählten Worten
an den Uniformierten neben der Säule ...
der begleiter als erste hosenrolle.
wir, sie und ich, sitzen auf unseren rucksäcken
lachsäcke
und das licht wechselt vom himmel in die straßen.
sie sagt:
ich sage mir jetzt,
daß ich an nichts, an nichts zu denken hab –
wie eine ebene liegt die zeit vor mir
nicht wie ein zugewachsener pfad.
wie findest du das:
der weg ist eine sache. die sich nicht durchs ziel ergibt.
ein gang durch diese stadt. –

ich, ameise, höre
und fabuliere:
– es lebte einst ein maulwurf
mit blick auf zukunft und ideal ...
das wärst du wohl gern, sagt sie.
ja?
zur auswahl stehen:
ein kühlschrank, ein maulwurf, ein straßenartist.
kühlschrank zuerst: nein, nie.
neben anderem müll in grachten zu enden ...
dann: maulwurf. naja.
(wenn du die lebensmüde kröte spielst –)
wurfmaul wär besser, es wär mir recht recht.

– und was ist mit dem straßenartisten?

ah, clowns und akrobaten, das sind mir unangenehme gestalten!
egal, was geschieht, sie profitieren:
sollte ihnen ein kunststück nicht gelingen.
sieht es immer noch so aus
als würden sie absichtlich fallen
um die leute zum lachen zu bringen
können sie sie nicht mehr erstaunen lassen
(oder sie spielen mit dem entsetzen).
mit blicken lassen sie sich bezahlen,
die häufen sie auf in der mitte des platzes.

zu jenem platz ist es ein weiter weg von draußen
vorbei an roten reihenhäusern mit tiefen fenstern
in die nur reisende zu schauen wagen
sie sehen andere menschen abendessen

(der stärkste mann bekommt die größte wurst)
- errötend wenden sie sich ab von fenstern
und blicken sonstwohin,
auf den boden oder über die dächer anderer reihenhäuser,
wo orion steht,
der schwarm des winterhimmels.

der platz selbst ist nicht groß und recht dunkel
nur in oberen geschossen brennt hier und da licht.
im eckhaus, rechts unterm dach. lieben sie sich
und schräg gegenüber
malt eine frau quadrate in öl
musik dröhnt aus dem fenster
auf den platz hinaus, auf
dessen rotes pflaster sie fällt
anstelle von regen.
an der brücke unterhalten sich zwei
und die bananen im rucksack sind braun und weich.
unter der brücke ist dunkelheit
in der ein enges rohr endet
und ein wassertropfen denkt:
- - ich falle ins leere.

III

die frau, mit der ich kam,
hat es nicht so mit dem schlaf.
sie sitzt lieber aufrecht im bett
krümmt sich dann und wann
und gibt gedämpfte geräusche von sich. -

an einem ort der nacht
ist der morgen die leiseste von allen tageszeiten.

dann, draußen
auf den öden straßen
schlage ich ihr vor:
laß uns inschriften entziffern.
wir versuchen uns
an den besprühten augenlidern der geschäfte

sie ist enttäuscht.

die anarchisten sind gekauft;
die bunte botschaft sagt nicht mehr
als das wort KIRSCH auf marmeladegläsern.
und was drübergeschmiert ist
kann sie kaum lesen.
sie sagt:
es war einmal jemand
vor einem straff gespannten tuch
mit dick aufgetragenen, bunten kreisen
und er stellte die frage:
was soll das bedeuten?
(dahinter war nur weiße wand -)
wird Erkenntnis gewünscht.
sollte man eine gewisse Distanz zum
Gegenstand wahren.

Kaufen Sie Einen Bilderrahmen
Oder Beschauen Sie Sich Im Spiegel!
Besuchen Sie In Gewissen Straßen

Frauen In Vitrio
Oder Legen Sie Bakterienkulturen An.
wir stehen gerade vor einem jener fenster
durch das können wir halb hindurch
und halb uns auf der straße stehen sehen
ein mann mit dicken dunklen lippen
und weißen zähnen hat das auch bemerkt,
er grinst.
embarrassed?
no. - i just didn't expect it
to be that way.
für den rest des tages
werde ich nur noch lesen
und so taste ich mich durch die straßen
frites vlaamse frites frites   1.70

ecstasy ecstasy ecstasy meisjes
engelse theehuis ecstasy bookshop
in einer antiquariatsvitrine:
ein bild von eichendorffs marmorbild
die englische übersetzung des textes
auf der anderen hälfte der doppelseite
mir ist ein wenig übel vor müdigkeit
und so ziehe ich mich zurück in eine umkleidekabine
aus der sicheren enge der warmen stoffe
blicke ich hinaus in den kleiderladen
und auch hier gibt es was zu lesen:

- dieser spiegel ist nicht für poplige junkies,
die nicht mehr begreifen, was
sie mit ihren GLUBSCHaugen da sehen,

und nicht für
selbstvergessene
selbstverliebte,
sondern für leute
die unsere schönen hemden
an sich bewundern wollen ...
die popligen und selbstvergessenen
haben es also aufgegeben
sie haben vergessen
daß irgendwann
die unerträglich gekippten giebel
herabstürzen werden.

IV

er fällt ihr wieder ein, der mann
„wenn ihm drängte dann ihm schwindelt"
oder ähnlich
und getuschel und gekicher
ob er DANN umfiel?
eine andere schweigt, der platz dreht
sich vor ihren augen
das pack des kopflosen jägers
versammelt sich hier vor der schouwburg
unter seinem star-sprangled banner
wimmelt überwintert
und wir hängen die lustvollen blicke
an die akrobaten
schwer vor erwartung daß
das unmögliche geschehen möge

they took him up into the clouds
and let him drop
bang right upon
the city of the mourning waters
kann kein niederländisch
muß englisch stammeln
aber werden sie für den seiltanz
bezahlen?
oder sich vermehren, verdauen und telefonieren
ich entschuldige mich.
da bleibt wenig verlockung zurück
in die labyrinthe anderer hinabzusteigen
sie zu lesen
kein plan von wegen und möglichkeiten
kein verstehen wirklich
schleppt sich nur so durch straßen
(lichter spiegeln sich in dunklen fensterscheiben
und sie versucht sagt sie
nicht auf der einen oder anderen seite
vom pflaster zu fallen)
keine sensation heute
und legt sich auf die straße
an incredibly long neck
people would love to cut it off

V

beschreiben
die frau hinterm tresen hat lange haare
schwingen weich wenn sie sich bewegt

aufschauen ein glas nehmen den zapfhahn ziehen
männer die auf der anderen seite des tresens stehen
und sie stützen ihre arme in die nassen ränder
die ihre gläser hinterlassen haben.
pressionshypothese:
neues geld einwerfen
und dann erneut – zapfhahn ziehen schaum
abstreichen geld nachzählen
rund und fest
nicht nur an bewegungen hängen blicke
gerötet auseinandergeglitten mit
dem rauch der aufsteigt aus den aschenbechern
soso ein schleiertanz
(keine beschreibung)
curtis kommt mit zwei kaffee
zurück grinst nach unten
balancierend durch die menge
zwei kaffee auf schmalen händen
mit sehr hellen innenflächen
klavierspieler landesflüchtig hafenarbeiter
und die hände frage ich? sage viel zu schade
ja aber immer noch besser als putzkolonne
schaut zum tresen
gib mir noch ein wein
gib mir noch ein wein
so ein armes schwein wie ich
für dich hab ich mein ganzes geld gelassen
nur ein wein sonst nix
ich bezahl's auch irgendwann
ich armes besoffenes schwein
viel bier ein wenig kaffee und auch wein

liegen mit scherben auf dem boden
und ein grOßer mann kommt von der tür zurück
verschwindet hinter einer anderen kleine sensation heldentenor
von draußen zu hören
und beschauen die frau die an einen schrank gelehnt steht
meine begleiterin schrie
nein laß das und wehrte sich mit den füßen als ihr
tischnachbar sie zu küssen versuchte
aber gleichzeitig mußte sie lachen
weil er ihr an die nase faßte
sie mußte sowieso schon stundenlang lachen
seit gestern abend habe ich sie nicht gesehen
ich reiche curtis seine jacke
und er schneidet eine abschiedsgrimasse
sie gefällt nicht drückt er mir die hand
ein name ein paar geschichten und diese hände
nicht zu erreichen aus telefonzellen zum ende des jahres.
auf, auf den frühen
nächsten morgen, zwischen bierlachen und abfallhaufen
der mann ruft aus dem hinterzimmer
und kommt mit tüten, besen und 'ner schaufel
und sie macht ihre beine breit
spannt eine tüte dazwischen auf
und er nimmt sich die schaufel

VI

der herr mit dem sternengürtel
ist ein sicherer geliebter in kalten zeiten
- blick über schulter runzelt lesend stirn kommentiert -

gut weit weg und außerdem
fehlt was entscheidendes.
unbemerkt von allen anderen
(die das gleiche tun)
erwachen sie für seinen tag
an irgendeinem abend im oktober
das begehren zu begehren
wieder und wieder zu erzählen
„er macht den orion in vielen varianten"
ein dachfirst
die strecke von rigel nach bellatrix
tief unten schwindelt es den grachten
mein kleiner ordnungsversuch
verstehen überblicken gebiete abstecken und benennen!
es waren zwei kinder
und ihre herzen waren so rein
daß niemand wagte sie zu schlachten
und es gibt dinge, zu nahe
für die habe ich keine namen
die hofdamen: castration or decapitation?
und immer sagen
und wenn das schlimmste kommt
und wenn das schlimmste kommt
wird es so sein und so kann ich es ertragen
und dann anders doch aufschreien vor schmerz
und blind zu nahen frauen laufen
ihr sitzen nicken (stumm wohl?)
linderung für eine nacht
und einen tag vielleicht

VII

so mußte es dann sein um weitergehen zu können
- unter dem bogen auf einer schwelle liegt
seit tagen ein kleiner kiesel und ich warte
auf die anderen kiesel die ihm folgen werden
wenn beginnend mit fein rieselndem staub die
steine der vorderwand sich lösen und sie
nachgibt leckenden wellen die jetzt schon
meinen schuh umspülen, ich meine oft ich
müßte mir das gehirn zusammenhalten mit
kalten händen vor der stirn -
bis dann das wasser den stein
bedeckte mit schlamm
und wieder neue schichten
legten sich um alte mauern hämisch
jemand auf flüchtigem sand
die schritte hinterlassen keine spuren
schaut sich um und sieht nichts
als die sonne gespiegelt
in breiten prielen und ein
erigiertes monument auf einst
berühmtem platz fast versunken
und es gibt ein weitergehen
bis wieder nur himmel, sand und wasser sind
erinnere ich mich und alle tage bringen regen

BYLINE

(„Schlaf und Poesie")

Gennadij Ajgi

Gruß dem Gesang

Sechsunddreißig Variationen auf Themen
tschuwaschischer und tatarischer
Volkslieder
/1988-1991/

Ich widme diese Weisen meiner Tochter Veronika. G. A.

Aus dem russischen Manuskript des Autors ins Deutsche gebracht
von Felix Philipp Ingold

1
Goldener Draht - deine Gestalt,
o, aus purpurnem Schimmer
das Gesicht,
darüber die seidige Luft.

2
Ein Pferd hatte ich -
drauf streck dich aus, mach ein Schläfchen!
Auf seiner Kruppe konnte, ohne zu verschwappen,
das Wasser sich halten.

3
Mutter überließ mich den Gästen,
damit ich schaukeln konnte,
wie ein Opferkessel überm Feuer,
vor euch - im Gesang.

4
Im Haus beim guten alten Vater
macht ein Span mit Kupferflamme Licht,
bin gleichwohl am Werk: wie Gold geht die Arbeit von der Hand!
Fremden Silberfeuerschein braucht's nicht.

5
Und ihr Schatten noch immer dort hinterm Zaun,
gehst morgen hin - wirst sie nicht treffen,
dann aber dringt für immer
ihr Antlitz in dich ein.

6
Meine Statur - tatarische Figur!
Ist offenbar zu sehr in Fahrt gekommen unter euch, -
beim Tanzen hat sie die Umrisse
der tatarischen Figur verloren.

7
Hast geweint und gibst keinen Laut mehr,
und jetzt blinkst du im Flur allein
- wie im Nadelöhr
ein Seidenfaden.

8
Das Gestickte - tragt's beim Tanz!
mal verneigen sich die Kornblumen,
mal
kreischen die Schwalben.

9
Wenn ihr einhält am Tor zur Natur,
werd ich meine Kappe lüften,
mögen meine Locken euch noch leuchten
im trauten Feld.

10
Zart ist meine Gestalt, vielleicht glühn
im Feuer des vertrauten Reigens
zum letztenmal
meine schwarzen Augen.

11
Nicht kann ich mindern den Schmerz,
hab auf diesem Feld die halbe Seele gelassen!
So schweig ich, während hinterm Hügel wie ein Kind
laut der Marder plärrt.

12
Wir sind gekommen, die Braut
mit dem weißen Herzen abzuholen,
wir werden eine Hochzeit geben
weißer als Schnee.

13
Stimme ich meinen Sang
als gleitende Weise an,
wird das schönste Liedchen
als goldenes Knäuel sich trollen.

14
Bei immer schnellerer Drehung
bleiben die trauten Wiesen bestehn,
will sagen, auf dem Land gibt es für meine hagere Gestalt
ab jetzt keinen Platz mehr.

15
Hat man denn, wartend auf uns,
euren Hof nicht ausgelegt mit weißem Linnen?
Und hat man keine Silbermünze
an die Stirn eures Hauses geklebt?

16
Im Tanz
verwandeln wir die Kacheln dieses Ofens in gläserne Perlen,
silbernes Brennholz wird in ihm
sich entzünden.

17
Die Wipfel
der Birken erbebten,
gleich dem weißen Mond erscheint
im Tor die Braut.

18
Ja – ein Liedchen mitten im Wiesenkraut,
gehn wir hin, um es dort anzustimmen,
oder sollen wir es euch herbringen,
um es zum Abschied zu singen?

19
Da – sie verlieren sich schon
im Feld, verschwinden im Reihergras.
Schon hört man die Glöckchen nicht mehr.
Wir stehn wie Vögel.

20
Immer beharrlicher der einsame Ruf
der Goldammer von außerhalb des Dorfs,
die Gespielinnen der Braut sind losgezogen
wie die goldnen Hafergarben.

21
Sanft ist meine Stimme wie die Stimme des Kuckucks,
als Wind setzt sie sich dann ab,
um lang zu klingen
neben dem verlassnen Haus.

22
Ach, gülden sind wir, und auch purpurn!
Sind durchgefahren beim Licht des Ahornblatts,
fahren ein
beim Licht der Weizenstoppeln.

23
Die Liebreiche hat sich auf den Weg gemacht, und es flitzt
die schwarze Schwalbe der Nacht
entgegen – von den Flügeln rinnen ihr
Ströme von Regen.

24
Und reich war sie – neun Gangarten:
eine an die andre gereiht im Spiel!
Dann
ließ das Leben nur eine einzige übrig.

25
Dieses Feld wollen wir durchmessen
vom Rand zum Rand,
und aufheben jedes Blütenblatt
von jeder Kamille.

26
Wenn er mich trifft,
entrollt mein Vater sich wie ein Seidenklüngel,
rollt zurück,
nachdem er mich verabschiedet hat.

27
Nicht einer, nicht etwas über nichts,
so verrinnt auch meine Zeit,
das Wasser fließt, und keiner fragt:
„Wie fließt du denn?"

28
Mutter, am Saum deines Rocks
all die Spuren - von den Hüpfern
meiner Kindsbeinchen!
Komm, laß dich berühren von meinem Gesicht.

29
Wie das Hanffeld des Vaters,
so ausgeglichen die Wipfel des Walds,
es wogt über ihnen mein Lied,
als sänge es - der Wald.

30
Im Feld - schade ums Grüne,
schade ums Goldne über dem Feld!
Wir, Bruder, werden alt,
werden grau wie blaue gläserne Perlen.

31
Wir haben mitgebracht die Wohlgestalt der Beine,
um sie
zu hinterlassen in eurem Gedächtnis!
Gewährt uns einen letzten Tanz.

32
Schon längst ist das Dorf nicht mehr zu sehn,
und die Fenster des Vaterhauses
pfeifen durch die Ritzen ihrer Rahmen,
Aufforderung zur Heimkehr.

33
Mutter, schickst dich an, die Stube auszufegen,
wirst dich an mich vielleicht erinnern,
hältst ein
und wirst weinen vor der Tür.

34
Brennt eine Kerze,
nicht sichtbar dem Aug des Rotfuchses,
lebt wohl, - die Umrisse meiner jungen Seele
werden verweilen unter euch.

35
Genug, hier haben wir uns um uns selber gedreht
wie hallende Silberlinge,
jetzt bücken wir uns, - knicken vor euch ein
wie weißes Papiergeld.

36
Und dort, wo wir standen,
bleibe ein Leuchten
zurück - unserer
Dankbarkeit.

WORT FÜR WORT

Wird Stein zu Stimme? *Leis*.

Peter Herzog

I

Wesentlich ⊂⊃

webende kirschen ◇◆◻
ihretwillen netzbewirker
loksiv nid lutelfus nid
neptun pta.
Wesentlich. äonisch
die sandflöte schwierig
durch fäden springt
vom nachtzug unversehrt
: du: ein leser dieser zähle
gesprochene sukkulenzia

(bläulich-merkwürdig)
genügt's wenn götterfunken
vom gutturalen hemd
trompeten/chemisch ⌬
verborgen der raumflug
hat zu leuchten ✶✶✶✶✶✶✶✶
sprich oder lehmnest
(—) frucht. regel-
widrig. der pflug wird
begreifbar das kann sein

metamorphose (tabakland
: interessenpfütze) sprich

sieh mal inzwischen ⚠
zerkleinert daheim ohren
runter lärchen schreiben
lauschsalbe drüber
diamantengleich winzig
völlig zum geschick
galaunt signalisiert dem
verstummten zufall daß
redundantisch dantes trank

dynamisches weiß ⬖
ein wanderndes lesezeichen
oder stummer sehr winziger
erdballüberschlag
(unsichtbarstens) Wesentlich
wer unablässig alma + gamiert
kippschädelnd entgrenzt mater
sana insophia das gezücht
aus orgel & violoncello ⁝ ⊼ ' ⌒
kopfüberzahl erwacht

fliederkies leidend über
eine enharmonische verzögerung
sich loslöst der ton in den
talschaftlichen einander
widerstrebenden & geselligen
lebewohlbesten sind es
tigertränen voller phytoplankton
mienen liz flash weibsgevögel
bei verwesentlichung dunkler
geschwindigkeit was sowieso

farbenverwischend ich-als-luxus
die erwartung einer anderen
ausschweifung tangiert.

                                            6. 11. 1990phe/92

II

(aufbruch in ellipsen)

laufstrick pistaziengelb
ktochoprot romos gebein klang's
je einbildungskraft erfolgend
kann wolkenhinunter eichen
die sternenklippe wird's bald
verabschiedeint uns gerne t
wirklich. klirr. das baum stünde
still/dër grieche vereist zum
selbstkostenpreis. erhob einer
sein antlitz über den eifer der
natur wie kieselalgen/allmählich
entwickelte sich daraus ein
blumenkohl wählend das wandelbare
(empedokles?): der nächste morgen
ist eine gedächtnistrommel:
kieselalge subjektgarnichts

soetwas etwas nasse isotopen
aus lilien deren sperrbeiniges
stilleben auch namen wechselt:
der verstand bleibt halblichtgitter
kegelförmige spinnen verglimmem
auf würdigen spiegeln.

fallschirme. strada nada. omegaschenke
fortidude: fortgesetzt (lautlose
fontänen) im schlierenfall

flachbewegtes gerüst bombenrundlung
mitgift der nashornreispulver
im sprachenopfernden wohnstand ja
? gib mal glück ins gemüse sowie
gneiskulissigunterschiedsrissig
als auch kränkliche pulsbrandung :/:
ernüchtert die toga den tag?

(geometrie erweiternd!)
unterher gaufrierte vielfältigkeit
darüberhinaus verdinglicht von
der obstschale die schößlinge
schwerer quasare bald zurechtgestutzt
bald nicht wahr (also herauswandern
aus den inhalten) (bei mira verdampfen
die steinbrüche zur virtuellen raserei,
stammelnd, zimbelnd, begreifend) .

metamorphose. zeitlos. brotduft. chimäre:
vita glaube an den heiligen geist &
schubert die musik kennt keine umsicht
es wiehert die reinste wonne in diesem
luxusgeölten abgrund/wir/mit einem
niemand entschreibt sich die ewigkeit
rittlings vom entfremdeten schnee der
vormenschliche schnee sagt philosophie
für eine sekunde, ja? urknallaufsteg
oder wenn man um die zunge wippt: uns
gehört der fortschritt zodiakal darunter die
erde wo beflügelt wird ein weltenei.

                                          7. 11. 1990phe/92

Roma & Felsen

Nicht oder auch, zu entbehren   Umschwelgtes Wabenlicht.
Wodoch je Wenngleich Elastik.   Sprich!   Eilends, den Schachtelhalm
Irisierend, KLEINSTGESCHRIEBEN   öffnet   der Als-ob-Maler
        die Asche aus Spiegeln.   In dieser Zahl ruht
der gebündelte Ritt : Mund : Torsitur.   Black-Summer-Table.

Ein höchster Schlaf zersplittert.
The Saviator   Flickschnabelfüßler   röselnd   Ivy-Sound.

Epheu Quellphigur aus Ephemeros & Pheuer.
Der federnden Tiefe zu erbitten.   Seine Zahl. Im Vokal.

Gelb übernachtet nicht gelb.
Verwandelt vom Stein, der auf eine Reise geschickt (wünscht)
was zersetzt im Zischen der Etymose   das Tun als Vase.

Jokus löffelt Fokus.   Was gereizt zersetzt
oder andelbuntrasant   ENTFALTET   (längst federnd was stattfindet)
wie Marmor die Momente   zur wörtlichen Gärung lenkt.

Zumindest das Glück zur Vase. (Energetisch)
Ein besonderes Tasten. Ja. Lokalisiert die Seidenfäden des Flugs
umgewandelt in werdender Erdachse.

                :Was ein Wollen ist
                :Wo Wolle austert
                :Wellung an die Goldamsel
                :Wörtlich
                :Wurden wir noch gespitzt

:Wasser
:Wasser (im flehenden Mineral)

Jedenfalls. Der Wirt (Welt)   & Dachzeigel   wimpernmusiziert.
Y. Die besessene Vielleichterung. In Anatomie. Y-verkehrt.

Aber auch, aber jedoch. Vollelektronisierter Kuß-Apfel.
Bruch. Weiß-Tat. Umgebeuteltes Figuren-Blind.
Untersagt, dem Zusammenfall , dann , deshalb, dieser Oelzweig.
Wessen Zucken & Schmetterling Llull eine Kamera , sich umgedreht
untersagt , irgendeine 'Aufnahme' zu phOTOgraphieren
     ALLERLEI   offene
Zone : ausdrücklich ist es ABSOLUT.

Zu spähen. (um was zu knacken) Nachdem vernünftig
Explodiert   das   Auge   Gottes
(Pulsierende Schreibweise : Nächtlicher Mittag)
Entstehend verschwindend.

KERN*W*A*E*RTS-IM-TEXT

(oto = jap.: klang)

1992/89pzn

Topas Brandung Welle

delle wähle stimme apsid
folgt klipp oder klar Ocht
die billiard tränt sitte
umge+lautend bricht hübel
weiß eben so flex bei pse
am no chneige zum paarend
tippe rei dem zu flußweg
stellar+pllx gemüsetopf ans+
wer dem gedanke gen gabe
wilzt morgen trotz fresnos
tic tech kryptophagen an
grumm der figura diola
        aufgefächert dem klanglichen
        schritt wir schreiten auf
quirr aus dem verve zimt
zunächst die mitzugehende
lesung einem vorgleichnis
abgefiltert farnt nullrede
die quellerkarre aus der
aussage so schuppig beim
pendeln seines TEILCHENS
....
fürstin alla wimperiosa
welche im nerv von blüten-
tassen schräg aufblinkt
während ihr papierknie
durchs gras gleitet wo
rüber already intus the
rhythmus gefiedernd aus

schleppender meerwildnis
bei der linken zehe nur
zu rasch die bildschirme
in marmor beherbergt um
erschüttern den xang lebe
& werfe auch luft einher
mit dem reim & wein ob-
wohl relikte steiniger
als schwitzen von statt-
haft gesprochen kokos
milch noch einmal mehr
ainz dem nacktberühren
auf der messers schneide
beginnt die staubdusche
ein winzig krummes stück
so etwaswie ein würde
schnee niefeln zerfließe
das lachgurren samt & sonders
....

                                          st. g. 1. 3. ph 1988/92

Sanatorium auf Weideplätzen

Zeit & indem Zeit egalisiert ist DASS WENNAUCH LOCH
((sie glauben)) eine Handvoll liftseits Personenminute
Nirva Netz palostart palostrat-schalternd/////As-dur.

I Xündholz.
(mon=STROESER=Erweiterungswunsch)

I Xolldat.

Fagott. Unkenntlich/Griff pur wie Ungemachtem dem Gewebe,
dies un(ESO)nebenan.
NE - - - MM - - - AN

I Xirne.
Wipplich. Dem Hauch. Berg. Listmut. Sonst. Während. Denkmal.
Umsonstrichtig. Aber vermalt denkt sie sich. Blumenbeben
genügt.

I Xesuch.
Oxythan. Zugleich erbarmungslos. Die Leseübung zuunterst
die Finger biegen sich darüber.

I Xose.
angesichts sich freilich freiflechten

I Xumerisch.
(va-rios)
krake wertigkeiten adresse blütenblatt sage die sage
einsicht sehr glatt rest lebendigkeit.

B/sumo/3w3-sonnengefleckt

jeweils stofflich zuweilen personengebuscht

Sanatorium   Auf Weideplätzen

WELCHE   SPRECHWEISE   ZUWEILEN
   (B.A.V.I.A.)

I Xahlen.
ELAN wie die Kritik umstellt ELAN die umgestellte
Schicht zu ELAN bei die Sternbilder hinterher
kommt die Schichten beginnt ELAN bei Suppe umstellt
verschwunden.

                                        phe 22. 10. 87

Was Wozu seitdem noch ob wer auf nur der doch
von du dann dies wenn auf mit schon wovon in
ihnen weil durch mein zum drin bei also deren
gran heimatlicher schwan vielleicht empfindbar
es handelt sich die ganze habe spricht wird
maismehl irgendwo gleich aufhellbar in nagel-
neuer promiskuität & welch antlitz auch im
wermutslip bis wo er gepflückt wird an dem
dargebotenen triumph der unmenschlichkeit würde
das gesetzerstrebende fossil sinnverströmend
in erregung geraten ja dem murmurhügeln schapeln
gerne entzückend Was Wozu fast geglitten über
den chinesischen tee gepinselt von duftfunken
tagsüber im taubstummen nuttenkrieg das verdreh-
te flattern unter mutability eine noch höhere
lust zwischen kugellagern aus birkenrinde dort
an güte zu sagen ist was wahrt vorm jordan die
ganze habe spricht um weniger zu sagen wie
tintenöl annidation so himmelreich bisweilen
da als blühn rätselbespritzt in naturkraft
ihrer stammelnden vorhöllen redlich gewesen im
innersten joch wenn mit nach aber dicht gar
danach verwischt wandernd dennoch dem unteilba-
ren zahn ein jeder feiner rittmus balgt quell-
kühl ellipsengleich aus eingeweiden in die ört-
lich sondernde fiktion klinkt durch den weiß-
geflügelten salomander Was Wozu grausam sein
man weiß um ein schmales gefäß ins gedinge ein-
gebend/beunsagtem bitternis & von ton zu ton um-
schnupperte abgründe besamt / sooft hinfortdurch-
splittert///lebenslauf, verworrene prachtsatome

oder pulsadern haben gezwitschert das sternbild
aufsperrend vor liebe wie abstraktionen in
kartoffelscheiben (unendlich?) ohne gnade schon
genug worte gehören sich selbst & leiser dann
wird vernunft vorüberziehn war schon immer ganz
drollig ein zwölffingermädchenglubschauge eine
wegmündung verwelkungskraus katzengelächter wer
lilien erscheinen läßt, OOOOOO'o lilie ,
bedenke den präzisen blitzschlag///papier-irisraus,
nicht auszudenken((KOH-I-X-NOOR))andererseits jenseits
des vorgezeichneten egolotes die pfauentage des trans-
zendentalen schimmerns Was Wozu zugänglich gemacht
wird wird im papierstrick knochensurrend beziehungs-
weise ohne daß dies jenes selbe pro mäeutische be-
findlichkeit in bewegung gebrachte meint das zwie-
gespräch hoch das windkritzelnde lilienerz &
gravitätisch zündet's von unruhe aus wonne wo es
uns an SAEGLICHEN genesungen nicht fehlen dürfte
sobald biene mit blume im lustigen überschlag ausge-
bellt expan ex-pan-dieren leitersprossen ferngesprochen
zu tale in terzen zu berge im bequinten vergongt
ausgelassene coda nifi nitschewo umnirschelnd pirscht
koralligen wende weile weite die orange (sturmhorn)
hinter das steinerne genist überall verwöhnt des sprei-
zens sämtlicher transpositionen von leiblicher gärung
geröhr schlacke verwandlung usw. indem begreifbares
überschritten wird also ewig & wach

                                                19. 2. 90/88phe

Anhauch klangfest Linien weggerettet

+++handstand/kosmogonie, ermöbelte nacht
rauf & und runter laster schwirrnerv : insel
schuhblühn landet polyphonisch vor feinst
zerteilter sternposaune & stumm semmeln
die straffen wesensgipfel schön klipp & klapp
   der aufstand
   schwarz begongter sonnen : gebündeltes
   zirren an tiefster sonatine mein felsklotz
wellen der tuba da läutersturz firnelnd
sanft das amt rein afrikös : des zeiseln
weiseln reiseln (FAMA STIMULA) umgebiert
kühn auf zikade sibelius hineinverschifft
als hymnos bärlauch der dings l'oiseau
schier klavierfuß soweit abgesagt,
stygmatisch umlippt beritten doch bachwendig
von aufblitzender alge heimweh in ungebundnem
farbtopf, fragen, der sessel kein nochmals
das menü zuckte rilksrum dies tauglatt choral
genau einstweilem herfliegend ebenso entregelt
pflügt wie schwitzkehre gedächtnis entstückelt.
entstellt zimbelt alinear geschaffenes gewölk
   über heuschrecken minze & zephir.
wiederum endlos & nacht werde es! scheiden möwen
die küsse des kämpfenden schiefers des
bauchwärmers in blütenflöckchen. da kam
   orange benetzt das knirschwohl durch den
   nieverbrenner standbildhaft nein ernsthandlich
   des seesterns schneidende luft.
+++fortwährend nympht dreck die leinwand

zur rose, der ort jedenfalls, im gehör seines
schmetterlings ertastet, vervielfachte sich
rund & schattensprossig.

                                                      24. 8. 87/92

Kaskade subito Kaskade

I (M)

mißhelligkeit ((schafspfade)) das heißt
um zu greifen das sirren des nagual's flor.
spott venus boje licht geraffelt in's schilf.
mit der straßenbahn wird ein ich mit einem
alten skythen vertauscht erklommen in perlen
knochen(melop(manu(mikado & vorübergehend)))
wolkenfrei///aber mündlich rast die amsel
in traum & schande die gesäumte handschrift.

II (W)

wie nun endlich das milzbein hauchfein kupfert
im schweigen   nabe um nabe   gerippe auf gerippe
ha das bachbett blinzelt räumlich schmetterlinge.

III (D)

die fülle des wesens sadeskade front & hinterland
beschwingt & stumm wie sonnentierchen

IV (D)

die buttergrüne schraube des pochens
hain (brodelnd) tritt   aus zetteln   je all-hauch.
stadtbahn. schwippschrift. zeitblindklar. lied. lid.
schluß. mähne. stadt. statt. allerdings zwitschern.
traumbekürt. wir. (so stets so steht's geortet!)

verschluckter vogel. schürze. lache.
futterverhaltenswachheit. bestatten mißbeleckt.
als fürwort in unentschiedener wölbung. tafelmusik.
darüber zu berberitzen bittschön von wohin?
(summarischer klecks)

V (K)

klich. der schier gebogene turm in hüten (garnele).

VI (D)

dem anschein nach   akazien von gesichtern & wellen
in seilen das seil   & dazwischen stückweise
die augenäpfel wieder   wieder betastend die lungen
fittiche leser   & dazwischen stückweise
meerwärts auf der höhe   eines herbariums entworfen
wie geleise   nadelfein   wie wasser
AUS DER VOELKERMOEWE ((Schuhzubehör)) rieselt

das Geriesel der Beweglichkeit während Rieseln
verlautbart wird   bei flottem Atemholen
die Kampagne rüsselwärts gewölbter Flächen.

Das Außer-Jenseits taugt.
:(Inbeschlagnahme, roter Sand)

Der Schlaf. vom Stahl erstaunter Oelbaum.   Jedoch anders
Antlitz – geduldet an Hügeln.
Kühl im Ei, leis & loh in Flügeln.
Vollbracht auf Lippen schwankt ein Raum,
was heißt wühlen, mehr: – was raffen?
Die Gewißheit ist glühend besiegt   Jedoch anders
: & nochmals eingemalt unter Zehen
mitsamt den Türen die ins Offne klaffen.
Ihre Farben – gebannt! – mögen gehen,
Anrufung endet, als wäre sie ein Ton.   Jedoch anders.

ph 14. 8. 87

Der Kalamus

Beging den Grund
        indem er Flammen zügelte
        geknipselt
Um einen Fluchtpunkt seiner Nicht-Erwähnung
        schwingt & ringt
Gerafft auch bei steter Ankunft in Momenten
        in MOMENTEN
        des brüchigen WandelSterns

Die feinen Ufer.
Der Schriftkomfort.
Das kosmische Sprunggelenk.

                                            21. 2. 1990phe

Peter Pessl

Doppelter – Fluß – Vermeer

„Wenn die begonnene Frau
einen Brief schreibt und bringt eine Frau
einen Brief",   Viele der Hügel, wenn du
willst, und Stauchungen Stauchungsbriefe,
wenn du willst, seien nur Spiegelungen der
Flüsse – Vermeer.   Der Flaum
und kleine Berührungen, sowie der begonnene Frauen –
Flaum, und Lücken   Stauchung der Lücken
und Hügel, sei in der Anlage
(was das Licht Hügellicht und der lichtbestrahlte
Koffer sein kann)
ähnlich dem Doppelten – Fluß – Vermeer   also nach
dem Vorwärtssehen   und Bedenken des
„Verhaltens Flaum Naht
Bildes streunendes
streuendes"

Zu einem Bild Jan Vermeers
mit Frauen, Flüssen, Hügeln

Was hätte diese Aufzeichnung
gezeigt   polit
polizzen?
„Farben, Zivil Farben -
Plan, Section des Figures (Broodthaers)" was hätte diese
Nicht Erinnerung - Gegenzeichnungen   gezeigt - geleugnet
wenn es möglich gewesen wäre zu
zeigen   die
       Querung von Gegenfehler polit und Landzungen -
       Schnitte Politinternat
       Landüberschwemmungen - Verweise
       „zu gehen"   und Gegenverweise
       „bleib wo du bist - oder
       mit Schellen   sein willst"

Flusses, Nachttier, Durst

*(ich erinnere Slovenien
im Sommer '91 an meiner
linken Wiesenseite)*

Wissen   , bettete,   mit Wissen
des Flusses
Nachttier – Durst   Gefolterten
dehnungsbereit auch willkommen, (in der Nähe des
flußbegonnenen Bildes), Bügelholz
macht es dir daß ich dich schlage als
„Nachttier" und
werfe als „Stellwerk – Durst" weit in jene
„Nacht vor der Reise – verstreut?"
die du bereist in Wiederholung –
Flusses, im Widerstreit – Tierfelle, die du
betrittst mit dem
Devotionenarm der Flüsse / Verschwendungen.
Ich stehe mit dir auf dem flachen
Dach – Nachttier – Gefolterten
eines menschenführenden Flusses auch Weichensteller,
Parabel. Willkommenen Flusses.
Warten   fernbleiben
sei das Tier –
das Tumultzeichen: Durst   Nachttier.
Als Durst Flusses Nachttier
müsse man sich die Gefolterten vorstellen, daß
man sie vor allem aus Knochen vorstellen
kann, wir gehen
gemeinsam auch willkommen

durch die Durstordnungen Unordnungen
Flußregulär Flußirregulär
und berühren Helligkeit, möglich,
Korsage!

für Friederike Mayröcker

Willst du bleiben, bleiben – davor
und bleiben – danach
du klare – Ganze – der –
Erkältungen.
Also warten wir.
Als zeichenhaftes Tier Meta –
(und Müdigkeit) beispielsweise als
die verschiedenen zeichenschaffenden
„Tiere Bogen"
„so die Blicke"   „Bogenbekannt"
„und Addition"

für Petra Ganglbauer

Wie etwas auch
beschrieben sein könnte, die Pferde darin,
die Schultern – Grüße darin,
des Kirschbaums (Passanten) des
Abstreifens passant – ich werde
genau sein   Wie hätten wir uns wiederfinden
     versinken zermahlen
sollen in einer
Schnäpse – Sprachen Auswahl
Unterwerfungen –
Passage in „der Trennung
und in der Veränderung
Codes"

Ilma Rakusa

Taub und Träne

Mein Vater verliert sein Gehör
die Warzen klopfen am Genick
ich sehe den Strick
der Zeit
und ein lichtes Kindheitsblatt
statt der Gangräne.

Die Strähne des Meers
leuchtet matt
der Wind stürzt vom Karst
der Slowene wird naß
wir lutschen das Eis von
Nomaden
und baden im Kreis
er sie ich.

Strich
mein Vater spricht nicht
von damals
die Alpen sind zäh
der Nordstaat opak
ich bleck die Zähne vor Weh
er bleibt.

Er treibt
das Leben voran im Bann
des Erfolgs
ich roll mich ein
ein Kind im Gewind
Herz und Wort
dort bei den
Klippen.

Die Strippe der
Stadt das fremde
Land
sandlos und fad
der Verstand dreht
durch verrucht
die Bäume verblühen.

Es glüht die Migräne
im schwarzen Kopf
der Schlaf flicht
und flicht einen
Zopf gen Süden
rüd
ist der Wald
die Zacken sprießen.

Vokabeln fließen
die Brandung ist weit
ich wühle im Schrank
des Vergessens
der Vater seiht

die Bilder des Kriegs
siegt
keiner.

Steil faß ich an
den Traum im Geviert
der Bruder ist krank
die Sprache gebiert
Angeln
ich hangle mich heim
zu den Fischen.

Und immer
dazwischen bin ich
geblieben
die Klippen zerstieben
im Jetzt
zersetzt
ist der Hang bang
seh ich die Schwielen
des Vaters an.

Das Licht lacht im
Laub
noch hat ihn die
Taubheit nicht
noch hört er den
Specht am Ohr
der wacht
vor der Nacht
nur verzerrt.

Närrisch
die Welt dieser
Osten steht auf
bald kennt keine
Richtung mein Traum
ich dichte mich einwärts
zu Schmerz und Gesicht.

Der Norden ragt
scherzlos
fest glüht der Alp
geballt droht die Zukunft
Vaters Gestalt
fliegt hin und her
gealteter Falter
langsam schwer
oder bald
weiß.

Rolf Winnewisser

Rosen im Winter

„ich und schlafen"

Aus dem Mörtel des Nichts
Verkleidet als Empedokles
Der nicht in die Tiefe stürzt
sondern zur Sonne empor schwebt
Abschied wie immer zuvor

Aufwachen anstatt untertauchen
Eingekettet in die Berechnung des Seilsprunges
Türriegel vermurmelt bis zur Schwelle
Weiß nie ob ein Flügelschlag mit Ohren
Gewiß war der Gedanke weg

Die idealste Krümmung einer Säule zwischen zwei Punkten
Sein Gesicht malt zu früh eine grüne Wolke
Rinnsal bist Du und rollendes Rad
Im Koffer birgt er die Kissenklippe
und die doppelt belichtete Anzahl

Lavafuss und Kraterauge
zutiefst den Schatten mit dem Licht verschraubt
Schleichen wir uns aus dem Versmaß
vorgesehen für zwei sich zusammen zu drängen
Au jour le jour

Eine Schildkröte trägt ein Segel
Atemloser zurück nachdem ich nie weiß wie lange weg
Verfolgt wie ich war fand ich keine Stille
Das Schattentheater des Schwindels: La vie de La mort
Schnee fällt und selbst der Schlaf verändert den Film

Die Handleserin

Beidseitig beschleunigt fleckige Figur
Halbdunkel schwebend die zweite Hälfte
Verbessert für das Schlimmste
Was weiß das Wort des Fingers
Was das Auge der Feder biegt

Schwerer Schatten anstatt Schwert
Grundlos rot ist die Farbe der Berührung
Des Eins und Drei
Bevor ich gehe schweife ich ab
Aus der Fläche in den Keller gegraben

Wirft Licht wie Sandstein mitten ins Antlitz
Schnitt in die Falte des Augenblicks
Schaut geblendet den zwiespältigen Hintergrund
Vordem die Beiden einander in die Augen fliehen
Glut vergibt nie

Sieht mit dem äußeren Auge was Gasse verriegelt
Denkt mit dem inneren Blick ungerufenes Gleichgewicht
Gestrichener Flucht- und Brennpunkt
Vier runde Ecken gleichen ineinander greifende Räder
Abgetragener Augberg anstatt gefaltete Hälften

Wes Scherbe sind wir und haben schon so lange gewartet
Still und schmutzig ganz verloren im Splitter
Zwei Gesichter erzeugen eine Geschichte
Sie wirft den Lichtspruch in sein Schattenbild
Verwandelt das Andere abgewandt im Ohr des Dionysos

Les Modelles

Zugleich gestrichener Flucht- und Brennpunkt.
Begegnet flacher Falt dem dichten Fleck?
Treffen wir auf der Osterinsel.
In den Blickpunkt eingefädelte Handlinie,
Pinselhieb und Stichelei.

Geronnen, aufgestachelt und bildlos, nicht als Bild.
Es lebt ungesehen und ungehört im Kino,
als malerischer Gegenwind, - menschlicher
Mikrogeschichten. Über die Wellenklippen
wird die Netzhaut gespannt, damit wir das Fleisch

Der Welt sehen. Anstatt Hauseingang unter Wasser.
Zuerst wirft der Maler das Messer, danach
zieht er die Kreise. Der Mörtel muß begossen sein.
Beleidigt schlägt der Maler das Modell und sagt:
Es tut mir leid was ich tue.

Wenn ich es nicht schon gemacht hätte,
würde ich es, Knick voraus, nicht tun.
Sie sagt: Du willst doch nicht schon wieder fort?
Oelmalen ist wie anstatt ineinander gefalteter
Hälfte der Haut der Nacht abzureißen.

Ereignisse des Tages. Flugresten und andere Schwindel.
Sie zeigen die Spitze, ragend, rund und lenken ab.
Gewinnen Sie einen Heiligenschein.
Wir trennen uns bis zur Türe auf.
Je realer der Grund ist über dem Beide schweben.

Land's End

It was even all after. Unnötig gewußt
anstatt unvermeidlicher Unterbruch flußt
Treff- und Drehpunkt der flüchtigen zwei
geschliffenen halben Figuren verschoben aus
der Mitte im Auge die klippenlosen Koffer.

Beide Versionen: Sie horchen auf die Knicke
in den Wellen gleich ganz an die mühelose
Endlichkeit gelehnt, in die sich beide verirren.
Wir waten in grünen Wolken. Wir wollen alles.
Was die massive Dunkelheit mit klirrendem Licht verschraubt.

Ein um einen Anker gewundener Delfin würgt
die debussolierte Zeit mit Bleisohlen
auf den Meerensgrund. Zu früh gelöschte Glut
verzieht nie. Der Rosenstachel bestickt
sich rund bis randlos bricht.

A naked roll, the first and last Inn.
Wo Hügel wie Lügen den Klippenspruch
rundet schartig samt Seil im Koffer
Ich, schweres Rechteck, das in den wandernden Punkt
grenzt, wegen Flecken werden wir verwischt.

Bilden zwei Ruder am Sternenhimmel.
Wo sich das Helle im Dunklen erkennt
erklingt die zur Sprache gefügte Figur
Der vom Blitz getroffenere Schneemann,
bis auf den Grund ohne den kein Kippen.

Wegflecken

Rücken das verlorene Gesicht in die Lücke.
Fünf Gesichter einer Figur, obwohl ich weiß,
daß es keine perfekte, ungerade und sichtbare
Zahl gibt. Jede Woche sitze ich vor dem Gemälde:
la diseuse de bonne fortune. Gibt sie ihm den

Blick zurück als Abschied? Jede Sekunde heilt sie
beide Hälften zusammen, löst sie ineinander auf.
Ausgesetzt dem Antlitz des tagtäglichen Schwindels.
Bei jedem Antritt einer Reise: Der Weg auf der
Schulter, der Spieß in den Füssen, wie Busse gehen.

Der eine verschwindet im anderen. Knietief greift
eine Falte auf dem Meeresgrund, dessen Trottoirrand
schon oft geküßt. Und die Frage: wie beziehe ich
mich auf Quark. Paradox. Phantasie. Poesie.
Zentrum. Schleier. Werk. Verweigerung als Spektrum.

Bitte keine schnelle Mitte. Eine irgendwie
beobachtbare Bildtheorie muss eine Erklärung
des Übertragenden und vertauschenden Schauens
liefern. Ja realer der Hintergrund aus dem
raumlosen Geschehen, bringt die Figur zum Stehen.

Mappings verworfener Netze. In Frage gestellt.
Verschwundene Mauern. Ein Riß im aschgrauen
Nachmittag. Im Bildschacht sein, nur weil man nichts
sieht außer Nacht, die ledern umschnürt, und nichts
deine Membran in Schwingung verführt.

P.P.P.

(*)

Jacqueline Risset

Mors

> *Pier Paolo Pasolini*
> *in memoriam*

fällt in staub
lebendig gefressen vom tier
eklipse
öffnet ein aug vom blut geblendet
„ich dich"
.

nach dem verzicht
reden sie
sie werden gleich schießen
.

ich betrachte mein haar in seinem säbel
ihr sollt schießen meine freunde meine kinder
„ich dachte nicht"
diese heiterkeit
allein
.

alles nimmt ein ende

indem es fault indem es platzt
memini pavum fuisse
et −
      und du?

tod in offenem gelände
sprach mit seiner kultivierten stimme
(*zerplatzt verfault*)
kein geräusch
diese heiterkeit

Aus dem Französischen von Felix Philipp Ingold

NACH RIMBAUD

(„Fruchtbringende Reisegesellschaft")

Michael Donhauser

Tatenloses Schiff

Abwärts treibend, die trägen Flüsse
Nicht mehr geführt, von keinem Bruder
Übriggeblieben, als man ihn entführte:
Erschießungen, geträumte, und Gruben.

Habe ich mich nicht mehr gekümmert
Um Leute, Frachten von Wolle, Weizen
Verloren war die Lust am Getümmel:
Getrieben ließ ich mich treiben.

Im Wutgeplätscher der Gezeiten
Eines Winters, taub vöm Dröhnen
Bin ich gelaufen: Halbinseln kreisten
Im Durcheinander der Ströme.

Der Sturm hat mein Erwachen gesegnet
Ich habe auf den Wellen getanzt
Die man nennt: ewige Wiederkehrer
Zehn Nächte, ohne Sehnsucht, Halt.

Süßer als der Duft das Fleisch des Apfels
Hat das Wasser mein Holz durchdrungen
Mich reingewaschen von Rotweinflecken
Den Anker verstreut, das Steuerruder.

Seither habe ich gebadet im Gedicht
Von Sternen übergossen, milchigweiß
Die grünen Himmel getrunken, das Licht
Das bleiche, wo manchmal ein Seliger treibt.

Wo färbend die lieblichen Bläuen
Die langsamen Rhythmen im Tagesglitzern
Stärker und weiter als Alkohol, Träume
Gären: die Rostrottöne der Liebe.

Ich kenne die blitzzerrissenen Himmel
Die Winde, Brandungen, Ströme, den Abend
Die Morgen erregt wie Tauben: wippend
Habe gesehen, was Augen nie gesehen haben.

Die Sonne gesehen, in mystischem Entsetzen
Rinnsale beleuchtend, geronnenes Violett
Schauspieler antiker Dramen: die Wellen
Weithinrollend ihre Schauderwelt.

Das Nachtgrün geträumt, die Schnee
Aufsteigend, zögernd, zu den Horizonten
Das Kreisen unerhörter Säfte: Meere
Und das Erwachen singender Phosphore.

Habe Monate verbracht, mit dem Schlag
Dem hohlen der Welle gegen die Klippen
Und nicht an die hellen Füße gedacht
Der Marien, die Ozeane bezwingen.

Euer Wissen berührt: Wundergärten
Blumen mit Panteraugen in Blüte
Menschenhäutig, und Regenbögen
Meergrüne Herden, gespannte Zügel.

Und gären gesehen: riesige Sümpfe
Im Schilf einen Leviathan verderben
Wassereinbrüche inmitten einer Stille
Und in die Tiefen krachende Fernen.

Gletscher, Silber, Perlmutt, Kohlegluten
Gräßlichkeiten, tief in braunen Buchten
Schlangen, zerfressen, und gewunden
Bäume, schwarze Düfte: duftend.

Hätte den Kindern diesen Glimmer gezeigt
Die Fische aus Gold, Fische aus Liedern
: Blumenschaum hat meine Abwege gesäumt
Unsagbare Winde ließen mich fliegen.

Manchmal, müde zwischen den Zonen
War das Seufzen des Meeres mein Schlingern
Es hob zu mir seine Schröpfglasblumen
Und ich, eine Frau, blieb knieen:

Fast Insel, schaukelnd an den Rändern
Das Keifen, den Kot von den Vögeln
War ich gewiegt: und durch meine Wände
Kamen Ertrunkene herauf, mich zu hören.

Oder Schiff, gefangen in Uferhaaren
Geworfen vom Sturm in den leeren Äther
Ich, von dem die Monitore, großen Namen
Den betrunkenen Rumpf nie geborgen hätten.

Frei, rauchend, auf aus den Nebeln
Habe ich das Abendglühen durchbrochen
Und trage, eine Feinheit für Poeten
Sonnenflechten und Schleimglanzflocken.

Lief, von elektrischen Sicheln befleckt
Verrückt, begleitet von Pferdchenschatten
Wenn die Julis das Ultramarin versengt
Die Himmel in Trichter gegossen haben.

Der ich zitterte, weither hörend
Die Wasserstiere, die Meeresstrudel
Strich, ich, in dieser blauen Ödnis
Vermisse Europa, die alten Burgen.

Ich habe Sternenarchipele gesehen, Inseln
Irrsinne, dem Irrsinn offen stehend
Schläfst du in diesen Nächten: schwindend
Millionenfach, du künftiges Leben?

Zu viel geweint, die Morgen täuschen
Jeder Mond ist bleich, jede Sonne bitter:
Versagte Liebe hat meinen Starrsinn erneut
Zerbräche er nur, daß ich unterginge.

Europa-Sehnsucht: schwarze Wasserlache
Wo niedergekauert voll Trauer ein Kind
Ins Dämmerlicht ein Schiffchen läßt
Zart wie im Mai ein Schmetterling.

Von eurer Sehnsucht, Wellen, gebadet
Kann ich die Frachter nicht mehr überholen
Den Hochmut nicht mehr queren, der Fahnen
Noch schwimmen unter den Augen der Boote.

(Juni 1992)

Innokentij Annenskij

Fantasia

Schon viel zu müde, um die Sohlen abzuwetzen,
In einem Mantel, der ans Ideale grenzt,
Trat ich, Vasall Eratos, traumbekränzt
Ins Freue, wollte mich der tollen Luft aussetzen.

Das Loch in meiner Hose hatte ich vergessen,
Ich säte Verse aus - und Reime - für das Jahr
Danach. Die Nacht verbrachte ich, wo sie am klarsten war,
Wo Sterne prangten wie am Rock die Tressen.

Gern lauschte ich vom Wegrand ihrem fernen Klang.
Der junge Wein hielt mich im Rausch kraftvoll umfangen,
Das Dunkel war durchglüht von heftigem Verlangen.

Ich hörte, wie im Schattenwald ein Lied begann,
Ich ließ das wunde Schuhwerk von den Füßen gleiten
Und zupfte an den Senkeln wie an Harfensaiten.

(1904)

Aus dem Russischen von Felix Philipp Ingold

BERICHTLINIE

Gert Neumann

Sprechen in Deutschland

Mit den Methoden des Nichtssagens lassen sich die Möglichkeiten des Gesprächs nicht entdecken. Solange das Sprechen glaubt, dem Schweigen Stimme oder Gelegenheit zum Sprechen geben zu können oder geben zu müssen -, erfahren wir gewöhnlich nichts von den Inhalten des Schweigens. Die Methoden solchen Sprechens sind gewohnt, Räume für ein Sprechen einzurichten, das behauptet, mit ihm sei ausgemacht, in ihnen könne sich das Schweigen sagen. In diesen Räumen bleibt auf immer neue Weise die Dimension des Schweigens unbekannt; denn in Räumen des Nichtssagens wird das Schweigen gedeutet. Dieser Zustand der Sprache scheint dem Menschen bekannt. Sein Schweigen über das Zustandekommen der erscheinenden Sprache, die schließlich das Sprachgewölbe der Gegenwart bedeutet, fordert unsagbares Menschrecht, damit sich diese Sprache vollendet. Und doch berauscht sich der Mensch von Zeit zu Zeit im Ereignis des Kollaps der erscheinenden, der also doch allein herrschenden, Sprache ..., obwohl, oder möglicherweise gerade weil er das Zustandekommen des Kollaps seines Sprechens nicht versteht. Der Ausweg, den die wiedererscheinende Sprache aus dem beiläufig Geschichte schaffenden Ereignis des Kollaps der erschienenen Sprache sucht, ist der, daß sie sich einen neuen Raum zur Klärung des Kollapses einrichtet. Die wiedererscheinende Sprache vermutet in diesem Augenblick der irgendwie sich voranschreibenden Geschichte des Sprechens des Menschens nicht, sondern sie behauptet, daß das Schweigen durch das Ereignis des Kollaps der erschienenen, also einst herrschenden, Sprache korrumpiert sei.

Und, so übernimmt die wieder erscheinende Sprache im folgenden Sprechen eine Macht, die entschieden hat, das Schweigen zu kennen. Dieser Kreislauf des Sprechens –, oh Mißverständnis!, scheint, in Deutschland, die Verabredung auf den Ort des Sprechens zu sein, die ein ständig sich wiederholendes Verhängnis zu pflegen beabsichtigt. Diese Verabredung wähnt sich nicht entdeckbar, da sie meint, der Welt Beispiele in unendlicher Zahl liefern zu können, die beweisen werden, daß Deutschland eine schwierige Gegend sei: in der die Schuld des Sprechens herrsche, damit die geahndet werden könne. Ja –, diese Verabredung über das Wesen des Sprechens schließt die Erwartung mit ein, daß jede Kenntnis vom Wesen des Schweigens in der nicht überzeugten Welt Mitleid mit dem in Deutschland notwendig erscheinenden Sprechen haben müsse, das in existieller Notdurft und poetischer Kühle leben muß, seit sich dieses Sprechen zum Sprechen entschloß. Ohne Zweifel hat diese praktische Denkfigur über das Wesen des Sprechens ihren philosophischen Charme –, wenn diese Denkfigur diesen Charme nur haben wollte! Leider gibt es keinen Hinweis durch das in Deutschland so herrschende Sprechen der erscheinenden Sprache auf diesen Willen. Und, so bin ich wohl nicht allein in Deutschland neben meinen Verstrickungen in die Forderungen der erscheinenden Sprache nach Gültigkeit ihres Sprechens ..., der Überzeugung, daß es schließlich die Skrupel des Schweigens sind, die das Gespräch über die Dinge am Leben erhalten. Das Nichtssagen, das ausweglos neben dieser Überzeugung die scheinbar herrschende Sprache genannt werden muß –, gerät, trotz seiner für sicher gehaltenen Ordnung des Sprechens, an dem Satz über die Existenz der Skrupel des Schweigens sofort brennend in Wut; das läßt sich leider nicht vermeiden, wenn es plötzlich Zeit zu sein scheint, so zu sprechen. Freilich ist diese Atmosphäre des Gesprächs wenig geeignet, etwas über den Gegenstand des Schweigens in Sprache zu bringen, den das Schweigen außerhalb der erscheinenden Sprache verteidigt: wie das bis hier Gesagte natürlich nur behauptet. Das Gesagte könnte sich deshalb zurückziehen, und mit dem Erfolg zufrieden sein, mindestens im Erscheinen jener Wut angemerkt haben zu können, wie wenig es offensichtlich braucht, die in die Gegenwarten sich angeblich verantwortungsbewußt reihenden Satzketten außer Takt zu bringen ..., wenn es nicht zur Auffassung vom Sprechen, die das Schweigen zu verteidigen meint, gehören würde, irgendwo zu bekennen: wieviel Skrupel es eigentlich doch dem Sprechen zutraut, das mit den Methoden des Nichtssagens in der Gestalt der erscheinenden Sprache erscheint. Auf diese Weise, daran gibt es jenseits des bis hier Gesagten wohl keinen Zweifel, wird das Gespräch zwischen dem öffentlich möglichen Nichtsagen, das sich als Sagen versteht, und dem von ihm anscheinend nicht zu verbrauchenden Schweigen, interessant. Sensibilitäten ohne Namen in der erscheinenden Sprache sind berührt, und sie existieren aufgerichtet, um jeden Fehler des folgenden Sprechens, das also das Schweigen wählte, um von der Existenz und der Existenzmöglichkeit des Schweigens sprechen zu können ..., zu ahnden –; vielleicht aber auch, um die Wirklichkeit solchen Sprechens mit einer Wahrnehmung zu loben. Die Frage, die das bis hier Gesagte lediglich wiederberührt, da sie in der Geschichte des Sprechens existiert und es deshalb ja als ausgemacht gelten muß, daß keine Antwort in den Angelegenheiten des Sprechens herrschen darf –, hat mit der Suche nach Legitimation für das erscheinende Sprechen zu tun: die jedes Sprechen, notwendig, interessiert. Soviel ist, möglicherweise in der herrschenden deutschen Sprache erst auf dem Hintergrund des bis hier Gesagten, aber auch ohne das Gesagte sicher. Es ist also erlaubt, nach den Skrupeln eines Sprechens zu fragen, das in der Gegenwart der existentiell stumm sich ausbreitenden deutschen Einheit nach dem Zusammenbruch der realsozialistischen Diktatur plötzlich so erschienen war: „Sascha

Arschloch". Ich meine, da nicht zu übersehen ist, daß sich dieses Sprechen in Angelegenheiten des Schweigens drängte, als das sich eben von seiner ideologischen Ausbeutung in der bis dahin erfahrenen deutschen Einheitsfreiheit zu erholen begann –, daß die Frage nach den Skrupeln, also der Legitimation, solchen Sprechens die Besetzung des Themas des Schweigens hätte auflösen können; da die Besetzung des Themas des Schweigens nicht zwingend im Interesse des erscheinenden Sprechens vermutet werden kann. Vielleicht gab es für das in der Bemerkung „Sascha Arschloch" erscheinende Sprechen Gründe, die es methodisch unausweichlich fanden, so zu sprechen.

Vielleicht ging es darum, die Existenz des Schweigens zu einer Antwort zu zwingen. Vielleicht wäre es deshalb richtig gewesen, zu vermuten, daß sich solches Sprechen aus Verlegenheit oder Langeweile inmitten seiner Unkenntnis über die Inhalte und die Existenz des Schweigens für sein Erscheinen entschieden hatte: um das Schweigen in einer Antwort kennenzulernen. Das Zustandekommen einer Verlegenheit in den Angelegenheiten des Sprechens und einer aufkommenden Langeweile im Sprachraum der deutschen Einheit ließ sich erklären: eine Revolution hatte nicht stattgefunden; doch eine Diktatur ist tatsächlich in Deutschland gescheitert. Nun wäre es möglich und an der Zeit gewesen, davon zu sprechen, oder auszusprechen zu versuchen, woran eigentlich die Diktatur gescheitert ist. Es wäre an der Zeit gewesen, davon zu sprechen, was sich nicht sagen ließ, als die Diktatur die Stimme zu beschäftigen wußte, wenn sie sie zu beschäftigen wußte. Ohne Diktatur allein ..., war es nötig geworden, davon zu sprechen, wovon gesprochen werden wollte. Die Erfahrung mit dieser Schwierigkeit könnte ins erscheinende Sprechen gelangen –, aber das hätte auch geheißen, ein Thema zu eröffnen, in dem sogar die Stimmen der ehemaligen Diktatoren zu erwarten wären; vorausgesetzt, daß die sich ihrerseits tatsächlich für solch einen Raum existentieller Solidarität zwischen den Menschen interessieren können. Dieses Ereignis in der immer gegenwärtigen Geschichte des Sprechens grundsätzlich für unmöglich zu halten, ist ganz ohne Zweifel sehr problematisch. Vielleicht was also mit dem Beginn des erscheinenden Sprechens: „Sascha Arschloch" zugegeben, daß es an der Zeit sei, die Existenz des Schweigens zu vermuten, und seine Erfahrungen in den Angelegenheiten des Sprechens um Hilfe zu bitten. Die Poetik im Raum des Sprechens ..., ohne diese Hilfe mußte darauf setzen, daß sich die Fragen der Legitimation für das Sprechen (ich nenne „das Buch Hiob", oder Franz Kafkas „Das Urteil", um die Dimension dieses Themas anzudeuten ...), wiederberühren lassen, wenn man einem Sprechen die Legitimation streitig macht. Nun wählte aber dieses erscheinende Sprechen für ihren möglicherweise eigentlich beabsichtigten Angriff auf die existentielle Stille in der deutschen Einheit -, ein Sprechen als Gegner, das von sich in den Zeiten der Existenz der Diktatur behauptete, an einer Sprache bauen zu können und bauen zu wollen, mit der es möglich sei, den von der Diktatur verworfenen Gegenstand menschlicher Existenz zu sagen: ohne die blanke Sprache der Polemik gegen die Diktatur sprechen zu müssen. Die Kurzformel dieser Poetik etwas war: daß es dem Individuum möglich sei, jenseits der Verpflichtung auf die Verhältnisse durch die Verhältnisse davon zu sprechen, was die Verhältnisse, notwendig, verdecken. Dieser Gedanke erscheint, wenn man sich mit dem Wesen der Diktatur des deutschen Realsozialismus zu beschäftigen hatte, sehr schlüssig und erholsam vor dem Hintergrund des Knirschernstes allein oppositionellen Sprechens -, natürlich vorausgesetzt, daß diese Poetik zu handeln vermag, und nicht doch nur als Manifest existiert. Als Manifest begibt sie sich auf gefährliches Gebiet: dort ist durch sie nämlich, mechanisch, zum Beispiel, errichtet, daß sich die Sprache der Polemik gegen die Erscheinungen der Diktatur allein aus der Tatsache der Existenz der Diktatur legitimieren würde. Aber, das scheint ebenfalls wichtig, angemerkt zu werden, sie kürzt auch das Drama der schließlich im Zerfall endenden Überzeugungen der an der Diktatur beteiligten Menschen einfach aus ihren Überlegungen über die Notwendigkeit ihres im Manifest erklärten Sprechens heraus ..., und behauptet, ohne dieses Drama zu kennen, am Ende Gültiges über das Individuum sagen zu können. In gewisser Weise ist der Entschluß zur „radikalen Subjektivität" sehr gut zu verstehen, wenn man die Eitelkeiten der Position kennenlernen mußte, die glaubten, daß es richtig sei, auf polemische Weise mit der Macht zu tun haben zu müssen, die die realsozialistische Diktatur zu repräsentieren meinte. Aber, solche Poetik hatte verschiedene Angriffe zu erwarten, wenn sie als Manifest existiert. Es war also für sie zu erwarten, daß sich eines Tages der Vorwurf des oppositionellen, machtgewohnten Sprechens an sie richten würde; der tatsächlich schlicht behauptete, „aus der Angst sei eine Poetik des Widerstands" gemacht worden. Es war also abzusehen, daß der Mechanismus in den Angelegenheiten des Sprechens nach dem Zusammenbruch der Diktatur des Sprechens in Deutschland an den Konsequenzen ihres Nichtssagens ..., die von der Polemik für notwendig gehaltene Poetik des Widerstands in einem vollkommen leeren Raum zurücklassen würde. Es war also abzusehen gewesen, daß sich die polemisch erprobte und einst legitimierte Stimme melden würde, um sich der Tatsache des eigenen Sprechens im, so, inzwischen leergewordenen Raum rückzuversichern. Dazu brauchte sie freilich Gelegenheit –, und die bot sich in der Möglichkeit, zu sagen, der Kopf jener Poetik, die von sich behauptete, jenseits der Verhältnisse vom Menschen sprechen zu können, sei ein Spitzel der Stasi gewesen. Das Folgende erledigte sich, wie es schien, von selbst. Das Sprechen mit dem Beginn: „Sascha Arschloch" verbrauchte das Entsetzen des Schweigens, das sich damit zu beschäftigen hatte, daß Spitzel keine Gedichte schreiben können. Im Existenzraum des Schweigens, im Raum zwischen den Wörtern, erschien die Behauptung, daß dort nur Geständnis leben könne: „wäre ich du, ich würde nicht auf mich warten,/ denn, der zu dir kommt, bin nicht ich./ du hast deine vorstellungen vom leben/ wie ich die meinen habe fallenlassen/ aus einem offenen fenster zwischen uns ...".

Die auf diese Weise wiederberührte Frage nach der Legitimation für ein Sprechen ließ sich, glücklicherweise, nicht beantworten. Die Skrupel jenes Sprechens, das sich legitimieren wollte, als es anderem Sprechen die Legitimation streitig machte, hätten zu leben beginnen können, wenn sich das in diesem Streit um das Sprechen mitberührte Schweigen mit einem Hinweis über den Gegenstand des Sprechens zu Wort gemeldet hätte. Doch das Schweigen hat sich anders entschieden. Das Schweigen hat das Sprechen mit den Konsequenzen der Darstellung seines Gegenstands alleingelassen. Offensichtlich war die Spekulation dieses Sprechens auf den Erfolg einer Verpflichtung der Stimme des Schweigens zu durchsichtig. Das Thema der Legitimation des Sprechens ist dem Menschen ziemlich wichtig -, und es befand sich ohne die Skrupel des Sprechens mit dem Beginn „Sascha Arschloch" in falschem Mund. So hat die Zeiteinheit des Schweigens entschieden. Zum Wissen über die Dimension des Themas Legitimation des Sprechens gehört dazu, daß man sich fragt, auf welche Weise sich ein Mensch um Gewißheit in dieser Angelegenheit kümmert. Auch in der Zeit der lebendigen Diktatur war in dieser Sache nicht nötig, das Urteil der Geschichte abzuwarten; die schließlich im Zusammenbruch des Nichtssagens bestätigte, daß nichts gesagt worden war. Es war nicht nötig, nur in der Behauptung zu erfahren, daß es dem Menschen wohl möglich sei, das Element des Sprechens im Sprechen zu erkennen, oder zu vermissen. Die Begegnung war der Ort, diesen Fragen Raum zu geben. Hier tatsächlich weiterzusprechen, bedeutet, das Gespräch genau in dieser Sache zu beginnen, ohne die Intelligenz des Schweigens für die Existenz des Gesprächs zu zernutzen. Der inzwischen erbrachte Beweis, daß nicht nur Sascha Anderson ein Spitzel der Stasi gewesen sei ..., vermochte nicht, in den Raum der Frage vorzudringen, in dem es möglich wird, sich um Antwort in den Fragen der Legitimation des Sprechens zu kümmern. Dieser Beweis zeigte nicht auf die dem Schweigen bekannte Frage: sondern wollte eine Behauptung über die Art richtigen Sprechens errichten. Im Moment der existentiellen deutschen Einheitsstille schien es manchem Charakter in Deutschland recht nützlich zu sein, wenn sich herausstellt, daß aus dem Osten keine dem Menschen im Westen relevante Nachricht in existentiellen Angelegenheiten zu kommen vermag. Diese Charaktere denken nicht an das Ausmaß der Depression, die sie einrichten. Sie verbrauchen die Gelegenheit, von der Existenz eines Schweigens sprechen zu können, ohne die Seltenheit dieser Gelegenheit zu kennen. Sie errichten ihren Schluß über den ihrer Meinung nach richtigen Umgang mit den Tatsachen der Diktatur, und verbannen das Gespräch der Deutschen über den naiven Anspruch der Verhältnisse, das Schweigen des Menschen gedeutet zu haben, aus der vorhandenen Möglichkeit. Inzwischen zeigte sich, daß die Diffamierung des Sprechens mit „radikaler Subjektivität" nicht das Problem aus der Welt geschaffen hat, das das oppositionelle Sprechen nicht sehen wollte: nämlich die Programmierung seines Widerstands durch die in diesen Fragen zynische und verzweifelte Diktatur. Diese vollkommen geschlossene Welt des Sprechens galt es und gilt es immer noch aufzubrechen. Was also, wenn sich wirklich durch den Angriff des oppositionell machtgewohnten Sprechens herausgestellt hat, daß der Stasi schließlich selbst auf den Gedanken gekommen war: „wieder das zu entfernen, was zu sehr als Stoff sich zeigte?", wie Stephane Mallarmé sagte. In deutscher Sprache gibt es zu diesem Thema den „Empedokles" von Friedrich Hölderlin. Im „Frankfurter Plan" gibt es eine Bemerkung, die möglicherweise nie in das Sprachbewußtsein der Deutschen gelangt ist: „Gebunden ans Gesetz der Sukzession ..., erscheint die Welt zu recht bestraft mit Behauptungen über das Zwingende im Geist des Folgenden." Natürlich kann man das auch anders sagen; wie es überhaupt nötig ist, zu bemerken, daß es in diesem Thema nur falsch sein kann, zu behaupten, es gäbe in ihm eine Schnur, an der man sich halten könne (Shakespeare). Allan Ginsberg besuchte, das kann man aus einem seiner Gedichte erfahren, zusammen mit anderen den älteren und berühmteren Dichter W. C. Williams. Dieser ist um einen bedeutenden Ausspruch verlegen. So tritt er ans Fenster, und schiebt den Store ein wenig mit dem Finger ins Fenster, und spricht: „Es gibt eine Menge Scheißkerle da draußen." Durch Allen Ginsberg kommt diese Angelegenheit des Nichtssagen wieder in Ordnung. Im Gedicht wird klar, daß Allan Ginsberg seinen Anteil am Zustandekommen dieses Nichtssagens kennt. Die andere Sprache hat ihren Ort in der Möglichkeit behalten. Deutschland, so scheint es, braucht nicht solche Charaktere, wenn es um die in Deutschland erscheinende Sprache geht. Wahrscheinlich hätten sie sich erleben können, wenn das diffamierte Sprechen konsequent im wieder beginnenden Nichtssagen vermutet hätte: wie ernst also die Fragen des Sprechens nach dem Zusammenbruch der Diktatur nun anstehen. Nichts davon ist geschehen. Als richtig in dieser vom öffentlichen Sprechen in Deutschland berührten Sache blieb übrig, daß falsch ist, richtiges Sprechen an sich zu behaupten ... sehr geehrte Nichtarschlöcher. Mit diesem, dem Schweigen selbstverständlich bekannten, Grundsatz der Ethik des Sprechens ließe sich in Deutschland das Gespräch gründen, das das Sprechen in Deutschland nicht finden kann. Mit den Methoden des Nichtssagens lassen sich die Möglichkeiten des Gesprächs nicht entdecken.

April 1992

Gennadij Ajgi, geboren 1934 in der Tschuwaschischen Autonomen Sowjetrepublik, seit 1949 Publikationen in tschuwaschischer Sprache, 1953 Übersiedlung nach Moskau, Auseinandersetzung mit der russischen Avantgarde (Chlebnikov, Pasternak, Majakowski), schreibt auf den Rat Pasternaks hin ab 1961 in russischer Sprache. 1972 erhielt er den Preis der *Académie Francaise*, seit 1967 Veröffentlichungen außerhalb der Sowjetunion. Deutsch: Veronikas Heft (1987), Aus Feldern Russland (1991), Beginn der Lichtung (1972, Neuauflage 1992), Und: Für Malewitsch (1992).

Michael Donhauser, geboren 1956 in Vaduz, lebt in Wien. Teilhaber am PR-Projekt procura, immer wieder. Veröffentlichungen bisher im Grazer Droschl-Verlag, bei Residenz in Salzburg, in verschiedenen Zeitschriften (Manuskripte, Akzente, Sprache im technischen Zeitalter u. a.). Zuletzt: Dich noch und. Liebes und Lobgedichte, 1991.

Annenskij, Innokentij Fëderorovič (1855 - 1909), russischer Lyriker, Dramatiker, Essayist; veröffentlichte zu Lebzeiten lediglich einen schmalen Gedichtband („Stille Lieder", 1904), der jedoch - zusammen mit dem postum erschienenen Nachfolgeband („Die Zypressenschatulle", 1910) - für zahlreiche jüngere Autoren (wie Anna Achmatowa, Wladimir Majakowskij, Ossip Mandelstam u. a.) vorbildlich wurde. Nebst Gedichten der französischen Symbolisten (Baudelaire, Rimbaud, Mallarmè, Verlaine u.a.) hat Annenskij das dramatische Gesamtwerk des Euripides ins Russische übersetzt.

Peter Herzog, geboren 1950 in St. Gallen, verschiedene Ausstellungen im In- und Ausland, Kataloge und Aufenthalte u. a. in Wien und Paris.

Gert Neumann, geboren 1942, gelernter Traktorist, arbeitete als Schlosser, Theater- und Haushandwerker. Veröffentlichungen: Die Schuld der Worte (1979), Elf Uhr (1981), Die Stimme des Schweigens (1987) zusammen mit Oltmanns, Die Klandestinität der Kesselreiniger (1989).

Peter Pessl, geboren 1963 in Frankfurt a.M., lebt derzeit in Wien. Förderungspreis der Stadt Graz, Landesstipendium des Landes Steiermark, Förderungsstipendium des BMUK Wien. Veröffentlichungen: Splitter und Spuren (1984), Mein Ohr alle Welt (Droschl 1987), Aber das ist nicht die Stille (Droschl 1989), Letzte Erzählungen zur Grausamkeit (Droschl 1992).

Marion Picker, geboren 1968 in Bad Godesberg, 1987 Abitur ebendort am neusprachlichen Gymnasium, halbjähriger Aufenthalt in den USA, studiert seit 1987 an der Universität Bonn und seit 1991 am Goldsmith's College in London. Anerkennungspreis 1987 für Regie der Theatergemeinden Köln und Bonn, Mitglied der Autorenwerkstatt Köln. Veröffentlichung in der Anthologie: Weiter im Text. 10 Jahre Autorenwerkstatt Köln, hrsg. von Norbert Hummelt. Sie ist Empfängerin des 3. N.C. Kaser-Lyrikpreises, der ihr am 30. Mai 1992 in Lana übergeben wurde.

Ilma Rakusa, geboren 1946, studierte Slavistik und Romanistik. Lebt als Schriftstellerin, Übersetzerin und Publizistin in Zürich. Buchveröffentlichungen: Die Insel (1982), Miramar (1986), Steppe (1990), Leben. 15 Akronyme (1990), Les Mots/Moots (1992).

Jacqueline Risset, geboren 1936, lebt als Schriftstellerin und Übersetzerin in Rom; nebst mehreren Gedichtbüchern (in französischer Sprache) veröffentlichte sie auch diverse literaturwissenschaftliche Abhandlungen auf Italienisch, darunter eine große Studie über Dante (1984), dessen Göttliche Kommödie sie neu ins Französische übersetzt hat. Das hier abgedruckte Gedicht *Mors* ist kurz nach Pasolinis Tod entstanden und wurde 1986 von Emmanuel Hocquard im Verlagsalmanach *Orange Export Ltd.* bei Flammarion publiziert.

Rolf Winnewisser, geboren 1949, aufgewachsen in Luzern, dort Schule für Gestaltung. 1972 bis 1974 als Zeichner in einem Projekt für Alphabetisation in Tillabery, Niger. Ab 1975 freischaffender Künstler. Malt und schreibt und – in übermütigen Momenten – filmt. Häufiger Ortswechsel. Lebt zur Zeit in Paris und Luzern.

Inhaltsverzeichnis Band 9 **Neun Zweiundneunzig**

	Impressum	6
N. C. Kaser-Lyrikpreis		
Marion Picker:	Sister Rosa's Nightly Notebook	9
	Abschied von A'dam:	
	Zum Vergessen sieben Anekdoten	31
Byline		
Gennadij Ajgi:	Gruß dem Gesang	45
Wort für Wort		
Peter Herzog:	I Wesentlich	57
	II (aufbruch in ellipsen)	60
	Roma & Felsen	62
	Topas Brandung Welle	64
	Sanatorium auf Weideplätzen	66
	Was Wozu seitdem	68
	Anhauch klangfest Linien weggerettet	70
	Kaskade subito Kaskade	72
	Das Außer-Jenseits	74
	Der Kalamus	75
Peter Pessl:	Doppelter – Fluß – Vermeer	77
	Was hätte diese Aufzeichnung	78
	Flusses, Nachttier, Durst	79
	Willst du bleiben	81
	Wie etwas auch	82
Ilma Rakusa:	Taub und Träne	83
Rolf Winnewisser:	Rosen im Winter	87
	Die Handleserin	89
	Les Modelles	90
	Land's End	91
	Wegflecken	92
P.P.P.		
Jacqueline Risset:	Mors	95
Nach Rimbaud		
Michael Donhauser:	Tatenloses Schiff	99
Innokentij Annenskij:	Fantasia	104
Berichtlinie		
Gert Neumann:	Sprechen in Deutschland	107
	Biographien	117